ダンスする食う寝る

山﨑修平

思潮社

目次

装幀　中島浩

ダンスする食う寝る

旗手

ベリーショートが街を離れて
許すことや許されることを思った
明るい鳥葬は
宣戦布告のない今を象徴していて
俺たちはかつての天使を呼び出して朝まで話し込んだ
冷めきったピザ、もったいぶったパーティーの始まり
ダサいなそして臆病でも誠実であるのだろう友よ
さっさと自分の言葉を拾いなよ
白鳥に懺悔させるテーブルクロスの下のやり取りさえも
俺たちは余裕の笑みで笑って見過ごせていた
代償としたものはデカイだろう
それでも俺たちは旗手の最後を、旗手の最初を見届けたかった

過去形が間違えているもっと広がりのある照明にしてください

アカシアの樹々に蜜を集めて
ひかりまばゆい
川を渡る舟に手を振る
ひかりしぼって
氷雨はあがり南から日が差している
行方不明の感情をチープな金で売り払えば
颯爽と登場する人のくたびれた肩を思う
ここからは音楽、ここからは美術
春に会いましょう

港への美しい橋、頬に触れる木の葉、溶ける便箋たちが、
傷病人を癒すべく集いはじめた
ひかり、花柄のワンピース、鮮やかに赤く走り抜ける車両、
俺は今朝目覚めて、すべて受け止めてくれることを知った

明るさは希望をひたしている
俺は嚙み砕く
俺は壊すことを望む
俺はないものが欲しい、あるものはいらない

見ろ
燦然と輝く街の内部から夥しい屍体が
存在を誇示し始めている
生きながら死んだ者たちのことだ
知ったような顔するくらいなら無知のままでいる
目を閉ざすな
見開け
俺は少し怖い、俺は少しワクワクしている、俺は少し知りたい
生きているのに生きながら勝手に死に続けるな

開かれた窓

どうしてもこうなっていたと思うんだよね古い写真立てに写真は飾られていない
たとえば未完成の高層ビルディングを描く一人の男の話だ
貝のなまえ、海のなまえ、海岸のなまえを尋ねてあなたは贈り物を受けとる
自転車で知らないところへ近づいて
はじめてまっすぐな道路は続いて
もう一度ハナミズキを見に行こう声は細くしなやかに都市をほどいてゆく
17時5分、紀伊國屋書店新宿本店2階の窓から
切手の大きさの一点を観る夢を咥えてたくましいひかりばかりで
ほんとうはここでしょここのここでないところ
すると、するするとほどけてゆく
「情けないね、ほんとうに聴きたい音楽は」たよりない語尾と、所在なげな笑みを浮かべて
「パブロ・ピカソは長生きだったってこと?」たぶん晴れてきているのに雨傘しかもきれいな

お前が水晶体を破壊するのを見守る珍しい文具を指で躍らせて終わるだけの生きかた

蝶番にナパーム弾を仕組んでありがちなメロドラマで泣き喚く
その名前はあの名前よりやさしく隠蔽体質な刃先を揃えた新種が
お前に迫るだろう虹の領分で虹のくせに躊躇いがちであった
僕は飛翔する僕は無花果をたくさんばら撒くかねてより付き合いのあるエチオピアの先頭に
並ぶすべての過ちのことを思いつきで海王星まで飛ばしてあげる
スコールのあとは苦々しい言い訳ばかりとなる旧友に手向ける
ある時私はマルボロの許可を求められた

ルイ何世と謁見するときは決まって恋の終わりだ
お前が水晶体を破壊するのを見守る珍しい文具を指で躍らせて終わるだけの生きかた

せめて光らせてみろジャックが粉々になったように

さすらいのマジシャンが僕にくれた何かの半券で観ることのできた一番星のありかた
これまで楽しみにしていた重ね着のような始末の仕方
今朝、めでたしめでたしのあとに撲殺された言葉を背負って立つ覚悟があった

赤く濁る本来の光り方をしている乳製品であり椅子の光の角度のような漏洩したあとの立ち位置に
似ている君の吐瀉物がまっすぐに溶かしてゆく音だ音の信号の音の波形が今ここに重ねられていて
今たちどころに消滅できるほどの音がまっすぐにこちらに向かってくる

盆栽と小蝿とルンバしている飴色の爺のことを俺たちは神様と思っていた
だって最高にイカしていたんだ俺たちのことをセッションと呼んでもいい
俺たちは音のことを溶かすことができた五年前錆び付いて開きにくい窓が
お前の約束なんてどうでもいいカレールーのことで頭がいっぱいなんだ

ルイ何世と謁見するときは決まって恋の終わりだ
お前が水晶体を破壊するのを見守る珍しい文具を指で躍らせて終わるだけの生きかた
せめて光らせてみろジャックが粉々になったように

夏が殴打する明後日の会計処理をまばらな海岸線のアベックを使い古されたアレをそして壊された
君の記憶のわずかな装置に侵入する暴力的に侵入するために俺は今ここに現れたすべての暴力だ
ちょうどスイカが一切れ残っていただろうか

離島から離島まで水筒の残りを気にしてあまりよく考えないでできたメロディのことを
同級生が思ったよりうまい平泳ぎでそれが僕に良かった

ダンスする食う寝る

DON'T TRUST OVER THIRTYの始末に時間がかかっている冷蔵庫を買って電源を入れて何も入れないまま箱として使って平たいのっぺりとした道にいつものように集まった俺らは持ち寄っていた

夏の朝のきつい朝にどうして運ぶのか分からないまま運び終わって笑うようなもの

鉄塔に焼べて滑走するその先に真理がありうんざりする

月夜の晩のラザニア、傷つけてはいけません、よく似ているということだけでことが進む

水蒸気に乱反射する彼らの仲間が俺の大切なドンペリニヨンを明け透けに語るというから君が壊した万引き自慰メンのことを三日月がガサツだからと呼ぶことにしたこれは博打だねと言うから樹々

の樹皮を液の垂れるところまで放っておいたこのようにして堕落していくことまで親愛なる江戸城が俺に勇気をくれたけれどもう一度川を背にして数えた日のことを教えて欲しい今はこんなになってしまって俺はそこに加担している今もそうだだから口笛のなかに小鳥が奏でるまでそして加わりワクワクするまで泣くのをやめるなんてことはよしてぶっ倒しに行くまでしずかにゆっくりと右に行った方が近道なんだ僕の家はダンスする食う寝るダンスする食う寝るそしてあなたが光らせた花のしおれてゆくまでの日々のことをただ一言バカとだけ伝えておいた骨がバラバラになっているからあんまり痛くない秘めごとのような朝礼に整列をしている鼓笛隊がいて俺だそして寝るダンスする食う低音のドロップチューニングのDの音の引っ掻いて大通りを渡るのが危ないから乗るコミュニティバスにどれほど感情を揺さぶられただろうそしてこれはお前の話だ寝るダンスしない寝ない日々は癒されて恍惚に近い雨の音は奏でられるまでのときを待っていて不安げに顔を覗き込むだからその時だけは絶対に放してはいけない放してはならないこれはお兄さんとの約束のことだ爆薬を網棚に忘れてしまいましてスープが台無しになってシェフが泣いているいや笑っているんだそのどちらでもない瞬間を排泄と生殖のみに見たとお前が言うならそれを肯定するまでハネた16ビートがださいなそれってどうやって鳴らすの暗くして小さな声でダンスする食う寝るもう一度まっすぐに走るはずのおもちゃの自動車だったんですさっきまでって笑って大声で言って笑う

ミセス・チャップリンは、日がな一日舟を漕ぎ、あがりで蟹を購い蟹を食む

それから薄く青い袖をはためかせて二人は街を歩いた
みずみずしい夏の果実、桃や梨のぼたぼたと滴り落ちる果汁は敷石の色を変えた
一人には見覚えがあり、もう一人は初めて見る顔だった

遊覧船の記憶が喉に触れたとき、恋をしていたようだ
新しい言語論はおそらく彼ら彼女らへの弔いを望み
指の先は洋服の皺を伸ばし、はたと止まる
今日から太陽が沈まない季節となる

ミセス・チャップリンは、日がな一日舟を漕ぎ、あがりで蟹を購い蟹を食む
私たちはこの記憶を統制下においても離すことはしない

星の明滅がやがて何かの真実とされるとき、子供達が笛の音色で歓待をしてくれる
百日紅にすべてのひかりが差している
あなた、それほど、笑って困って喜んでいる

路銀の足しになるだろうと渡されたものが、リュートだったらどうしよう
深刻な顔をして私を殺めるすべを持つ男

白色の坂道を二人は手を取り合ってのぼる
やがて溶け出したまま臓器となるまで
陶器の器にそそがれた街並み

偲ぶことをもうあなたの肩に乗せなくても良いよ
ひらかれてゆく夕景に見覚えがあるから
一人には見覚えがあり、もう一人は初めて見る顔だった
それから薄く青い袖をはためかせて二人は街を歩いた
みずみずしい夏の果実、桃や梨のぼたぼたと滴り落ちる果汁は敷石の色を変えた

口をモゴモゴさせてポップな音楽を聴いているキミが世界をやがて変えてしまうことを
キミだけはちゃんと知っているのだ

俺が咎め俺が殴りつけた赤いけだものを作ってしまったのは俺たちだ
そうだろ？　だから透明な傘をアドバルーンにして飛来してやったんだ

白亜紀にたまたま会いましょう

ぐしゃりと壊してゆく明るい部屋の隅々まで行き渡る
やさしい声の発せられる方を見る
そうして日がな一日を過ごす私たちは
凄まじい速度のなかに立ち止まる時のための最上の音楽
例えて言うなら次のようなことば　そうして先に微笑む

ラフランスを一つ探して道に迷った彼の名前を知る前に箱の中身を知ってしまったなら、そう彼女は中指と薬指を擦り合わせて囁いたのでした、洋上から見渡す私の、私たちの、故郷はモノが燻り続け視界を遮るものはだらりと垂れた電線だけでした、船を降りると一斉に私を視る何人かの男の顔が現れます、ダンスフロアに用意されているレコードと水槽、私たちが旅をして旅から帰る一つの理由にもなっていたものでした、なぜ、どうして、怒りや嘆き悲しみ、私たちの感情が正解を求め分断を招くとき、私と彼は絵筆をとったのでした、それが私たちのことばだからです、幼少のときのキャッチボールをしている他者の夕餉のあとの入浴までの団欒を描いたその作品はたった一人のために蔵に仕舞われて、私は再び彼女の名前を呼ぶことができるのです、あるときは坂から転げ落ちるように走り、あるときはあやなすすべての一部として、けれどもご覧のように今、見えているもの触れているものは赦された明るさ、明るくひかる街となった彼と彼女の永遠のことばの音楽、音楽のことばに他なりません、そうして今ここに

あなたとパン屋になりたいと急に言うから
午後の予定が狂ってしまった
俺のナイフはあんまり磨いていなかった
そのことを例えばどのタイミングで言うのがいいだろう
くだらない愛の話だということにして
目にする、触れる、すべてそういうことにしてみたい

あたらしいラジオ

けれど私はその鍾乳洞に見覚えがあった
君の干からびた死骸が切実になればなるほど
私には新しく創り出す動機となった
キロメートルの声の届く範囲と

時間によって通り過ぎてゆくいかなる愛情をも
建てては壊し壊しては建ててきたこれまでの
慰めとはならない

悩みのない群れのなかに咲いた

おめでとう朝

小動物は集まって

あなたとの対話もないままに
ひそやかに見守っている

寝ぼけたまま終わらせることは
加速する坂道のリンゴに近い
本来の役割を忘れたままに
ひたすらに

流水に蔦植物を湿らせて
ひとつの決心は来る
あなたの残酷を
あなたのやさしさを

直前

瑞々しく鮮やかな広場は
決闘にはうってつけの場所となって
言葉の通じないものたちは
拾い集めるようにしてひかりを目指した
円型に示唆されるように僕らは
ただひたすらに圧倒されていた
触れる、つかむ、もてあそぶ、
夏服のシャツを広げて
源泉の一滴が大河となるころに
ねじ曲げられた真実が自らを取り戻そうとする音を出す
汽車の音、沸騰の音、なにか逆流する音をけたたましく鳴らして
隊列から外れてゆく9th のような複雑な音の響き

雨上がりの水たまりの濁り
それこそが僕の言葉になっている

焼け落ちてゆく秋の雨傘が

焼け落ちてゆく秋の雨傘が
美しい二羽の鳥のことを聞かせてくれる
性も年齢もなく生まれも知ることはない
寂れた漁村の砂浜から東京の銀座まで
壊してもいいころだろう
君の速度は速すぎるんだ

書棚を土足で踏みにじられて
開けてくる地平を語る
言葉が軽くなった時代に
似つかわしくないほどの
豊かなみずみずしい

果実を持ち寄って

流麗なシグナル
人を規定しながらも
自立するときを狙っている
僕が坂道のコーラ瓶だったころ
君と戦禍を凌いだ一匹の驢馬が
嘘を交えてやさしい話をしてくれた
僕たちが泣いたのは偽りだったからではなくて
あわいの道に身をくねらせている
すべての生きものを
愛したいから

今

ふわりとはじまり
いつの間にか終わっている
今はそれが心地よい

港へ、
唐突にはじまる何かの儀式のような踊り、さっきまで信じていなかった迷信
チューインガムを膨らませているあいだに

世界がどう思っているかは知らないが
俺は世界を肯定している

駅のホームにだらりと垂れた陽光が

しきりに調和を語りかけるとき
誰一人迷路と信じていない迷路の途上で
現在進行形のひかりの帯を言葉にした

梨を食む、午前2時の薄ぼんやりとした殺意が目眩をさせる
ここでないここなどない、他に代理などない、てめえのすべてを響かせていた
俺を食卓の炊き上がった白米の輝きを

素直な暖かいひかりが蔦植物と首都高速の車線を横断している
今、そのすべてに豊かな、魚群探知機の恩寵が重なり合うアベックの肩口に

湯葉の膜から豊かな音像は立ち上がり
敢えて名を尋ねたのは名もない街へ戻ると聞いたからだった

負傷したグレービーソースを平らげる二つの肉体をもつ唇が
明日のこと、そして明後日の私たちをたやすく決めてしまう
幾度目かの肉体的快楽はもとより想定した最低最高の遊びで
サファイア泥棒のことさえも俺たちは信仰の対象としていた

視界不良を俺たちは楽しめた俺たちのとっておきのbeatが
今朝のラジオ放送でぶっ飛んでしまった出来損ないの夢たち

多幸感のなか煮殺されたすべての思想を失った人間への行進曲だと彼は言う
俺たちは19年前、二つの超高層ビルに突っ込んだ飛行機のことを
手触りがある、実感がある、そして悲しむ権利など誰にもないはずだ

日常は悲しいほどに誠実な小さな幸福に満たされている
俺は偽善者も道化師も政治家もあの時のすがたは同じことを知っている

だから敢えて俺は問う
嬉しい優しいお前が好きだだから帰ってくれ都会の希少性の高い動物たちよ

お前が俺を殺めたとき、俺は絶望した顔でお前を見ていた
天使の羽を引きずり回して酒浸しにした日の夜に素敵なプレゼントをもらって
言いさしの言葉を飲み込んで遥か洋上の坊やのバースデーを祝いたい

まっさらなキャンバスに描かれる都市の予想図が

雑居ビルのエントランスのガラスを前に一心不乱に踊りを踊っている

乱反射しているビロードを突き刺す光線があり俺を迎え入れてくれた
愛というなら愛、腐敗している苛立ちすら覚える関係性はもはや前時代だ

風の色をたずねて
まだ青い鉄塔に向かう
お前は今、夏を蘇らせることができた
季節の使者になって
尋ね人を尋ねる列、故人だ、そして生存者だ、これから生まれる命もある
東京が好き

早く若さを台無しにしてこっちに来いよ
誰だお前はお前は誰だ種付けの馬が疾走する駅の20番線ホームたまらない
今は人類愛、凶行に及ぶ半年ほど前のことであった
その言葉、決して忘れるな

隠れている音階を探し出して

愉快に爆ぜる川の音を聞け
安穏と過ごす庇護された野獣のやさしさが
お前を痛烈に突き刺すだろう

階級と名誉とバターナイフを剝ぎ取ったあとのお前が
どれほど醜くても愛を育む
新鮮な笑いのあとにもしも泣きたいのなら好きなだけ泣いても構わない

なんの思想も持たない俺たちが
生まれ持った姿で街に出る

紅色とオレンジと、深い青
スプレーで鮮やかに塗装していく横で
誰かが勝手に食べているポテトチップ

海に頬を差し出して
思ってもいないのに
健康的でいたいよ、と

お前が吸い込むアムステルダムの葉っぱ

先輩の先輩からくすねたチューニングの合わないギターが
家族愛をギリギリに回避するとき
画家だったお前がデッサンしているその街の細部を
俺たちの心地良いように変えてしまおう

垂れ流している欲望が今、
わけのわからないわけのわからないお前を輝かせている皮肉に
なんてことないさと気障な言葉を吐いて
無責任にお前のすべてを肯定している

今、俺が受け止めているのはまっすぐな言葉だ

飾りもない、かっこ良くもない、剝き出しの
言葉だ

お前の過去はどうでも良く、

ひたすらに目の前の何かを前も後ろも向き直して殴打している
穏やかでゆったりとした時間
なんでもない安穏とした日々
酔え、ひたすらに酔ったあとに
ある日、突然に終わるだろう
これが明らかな悲劇だとしても
そんなことは知らない

きっとでたらめ

あらかた作り終えた夕食をひっくり返して
お前の少年時代を知りたい
氷を削り取って
草野球で三振して
もうすこしだけ
君はここにいたかった

新しく建てることは
壊すこと

公園が多いね
わたしたちは響くね

きっとでたらめだね

色をつける

朝と言うから朝
古い地図だから見なくても良い
バレーボール選手のインタビュー
靴紐の結び方
悔しかったこと
そして花の匂いの先の記憶のこと
氷を口に含んで響く
車内の座席は鮮やかなグリーン
少し早く着いた東京駅
悶え死ぬか即死が良いか
きみが拡がってゆく
赤

天使の言いぶん

乾いた明るい空は
昨夜のあなたを蘇らせていて
この明るさに
すべてを差し上げましょう
風を光らせる真空管ラジオから流れる曲が俺たちのララバイだった

音の波、のまれる、鮮やかな青い服、ジーンズを揺らす低音、

コンクリートからあふれるように隆起して樹々の根の記憶の
青臭く泥の臭いを焚きつけながら触れると
辺り一面に音の粒それも一つ一つ精緻な音の粒が
ベーシストは水が好きだから海へ近い街に向かったのだった

壊す、あるいは燃やす、それは快癒と変わらないだろ?

会話文のなかに転がるようなカリッとした感触
日々のひかりのようなあなたの冗談のような
どうしたってここまで歩いてきたのだからと

がさつな帝国

がさつな帝国は卑猥であると彼が旗を振ると何人か集った
海老料理を所望していくらかの時間を過ごすと溶けて流れ出す水槽のなかから
ちょうど良い色調のそれと硬いこれとが重なり合っているのが見えた

青はいつのまにか瘦せている企みが遥かな鉄球となって打ち壊されるときに
しつこいほどのタイトなリズムに合わせている二匹の動物たちが
今朝のひかりを愛でていたのはなぜか

ここで登場をする有識者とわたしがまだ波の途上であったところ
ミセス夢占いと花瓶は手を取りあって花を生けていたのはなぜか
つまびらかにされてゆくのを微笑む執行者の休日はむしろやさしく親切でもあり
わたしがまだ波の途上を捨てていたところに見た

一艘のボート乗りの話をすることになるだろう
話とは次のようだ

しずくがまだひかりの一つの要素であったそのころを知るものはもういないそう彼女は口頭で一つずつ破壊を試みる水曜日に誑かされた郷土料理のような距離を保って花束は近づくどうしようもないほどの香りや色そして線ではなく点のような音が繋がってゆきやがて山の裾野へと雪をもたらしてゆくわたしはその記憶を改竄し始めたころ触れられるか触れられないか瞬時には判断できないほどの速さでもって慈しみが近づいていたただし愛撫することは感情の一動作であるという金属のほとんどは持ち去られたあとに麻の布でできた服を纏いこの状況に笑みすら浮かべてまっすぐな滑走路まで歩いてゆくのは記憶でも記録でもなく儀式であったここで出会うすべてのあなたを不躾に殴りつけるときの揺れ方は愛しく寂しいそれならばもうすべてはひかりのことだった

脱糞のあとの終わらない性交のように開かれていく橋を貨客船が渡るときに
お前の感情は調度品で終わるわけはない
お前の運良く放ったラッキーパンチで力尽きる大木のこずえに
新しい良く似た情のようなものがあって
笑いながら遠くまで行こうか遠くまで生きようか遠くまで逃げようかなどと告げてくる
確かに一つの真実のような今朝の料理の味付けのすべてが

もはやわたしとお前が見ている不死鳥の足の付け根の色ですら
さも当然のように確かめようとするときの情念に近い

スケッチ

赤い絵の具をすくう指は地下鉄の干渉の先に位置していて、ぼくらは不十分な果実を隠したまま乗り越えようとしている。つややかなしずくは場所をしめして超然としたまま幸福を諭す。香りの先にいる人の死のにおいを隠したままアパートに訪れる春やそれに寄りそうものたち。単純でいながら満面の笑みにうんざりとしていた。

ジャック・ラカンをご存じですか、と彼は服を脱ぐ。午前一時のだらしない了承は抽象的でそれゆえに真実だった。登場人物の一人について知っていることをすべてあますことなく伝えるラジオに奇抜なことを言うでもなしに。

留学先から持ち帰った奇怪な石のことをホラ話しのようにして青いロングのスカート、カーテンの色合いのこと、ここから一番近い海、そして雑な看板の塗装。

あまりにも鮮やか、だから信じられる。この先のことをこの先は曲がれませんのことをこの先のつまり愛だというならそうだと思う。

〈舌の根も乾かぬうちに〉と、外濠を観て〈舌の根も乾かぬうちに〉が、泣いているから悲しくなるようなことをひとつずつ聞いていったこのとき黄色の総武線は七本、赤い中央線は六本くらい通っていったことを伝聞として永遠に残せよって伝えて欲しい。

ぼくはそのときひかることができたから、きみをあやめた。ひかりの帯のようなものが顔にかかっていた。

樹木を伐採し、木材に加工して、火に焼べるまでのことを話していて夜、かなしいことの使者がどうにか笑顔にしようとしていて、当たり障りのない会話をしている。

ビジネスホテルのカウンターの昼下がり誰も客のいないなかたった一人で空間にいる、街が焦げ臭く、そのとき頭に鳴り響く音を記憶している。それは、あまりにも正しいことをきみたちが言うからだよと笑う先輩と盛夏に陰を探しながら歩いたときのことだ。彼女は「それでね、けれどね、まとまらないなあ」と笑う。湿気たマッチなんかを取り出してダメだなと笑う。どうだろう、賭けみたいなもんじゃないかお前の、その、感じが、すると飲めない酒を取りだして「最後に」乾杯をするんだ。

特別どうしようもない日のことをきみがたった一度の電話の音に目覚めて知らないはずの音を鳴らした形のないはずだったさっきまでの弓のしなるような道路の端っこに座って月でもないましてビルでもなんでもないちいさなおはじきを渡されてだから狙いすましてここに当ててみなよゆっくりと落ち着く臭気だ違う
傘に雨があたる音のことだ

さまようことにした

ポップノイズやきみのやわらかな言葉、嘘と冗談のあいだ、7時11分の電車
そっくりそのまま二人馬鹿正直に沈む太陽を観ている
意味を剝奪したあと偶然僕らは出会った出会ってしまった
どこへ？　花を探しにどこに？　感情を
新しく死体となった者たちは美しいオブジェとして迎え入れる施政者
名前は知らない同じ電車に数分間乗って川を渡っていただけ
運命というには余りにも情けなく偶然よりは言葉を費やしていた
放物線状に広がる愛のようなもの拡散していく肯定は拡散していく
夏、夏の住宅街をまっすぐに横切る線路
爆発音のあとにしがみつく腕や古いフランス映画
信じられないほど回り道をして帰るときのありふれた二択問題が好きだ
今朝からさまようことにした
スタイルは古風、ビートは基本に忠実に俺らは「冒険しない」って？

スクランブル交差点やヒットチャート
バランス良くしていれば報われるはず
そう信じて騙されて信じて愛について語り出す
少年、衝動的なビートを刻みはじめた
きみを赦すのはきみだ
酩酊しているようだから本当のことを叫ぶ？
真剣に考えているふりをしてどうでもいいことばかり信じているお前たち
感情は溺死した蝶を弔う少年を救うためにある
道化になりましょうという誓いのようなもの
そのすべて
思い出すことは、
未来のためにすでに準備していてそれがたまらなく嫌だった
極めて限定的でそれゆえに脆かった花の咲くころとだけ伝えて
やさぐれた初夏の日の朝に壊して滴る果実を手にしているそしてそれは虚像だ
鳥のつがいの恋のはじまりのことを一生涯語りかけるような
退屈な冗談、だがいつかそうでありたかった
どこに照準を定める
都市にわたしは壊されて本望だ

ひかりの街

私である前に触れていた
それはきっと喜びのこと
どこかの習わしの通り編み物の朝に集まった
湖にすべてを捨ててゆく
所有するな放棄せよという声がする
山の頂の口づけのような共感に痺れていた

所有するものはあまりに大きい
かわいらしく美しく捻り出されている
声をかけることをためらっている間に
跡形もなく吹っ飛んでいるきみがいる
思い出や記憶を指でなぞることから

始めましょう
思い出すのはいつだって微笑みの一つ手前の表情

晴天の日差しを受けて
彼らの表情は
澱みのない会話を交わして
穏やかに迎え入れられている
その一つ
気怠い死の匂いがする
甘い

流れでるときに救われたと聞いた
そのように育まれ乱雑に髪を結んだ
切り口の鋭いナイフは使用しないと言う
飾りだから、観賞用にと
私は彼のことを知っていた

はざまの街で寝て起きて食っていた

ただそれだけのことと告げる
ある日、言葉ではないか？　と訊かれた
しずかに獣たちを鏖り殺す
これは、言葉ではなかったか？　と再度訊いた

美しい電信柱を知っていた
ただそれだけで今は嬉しい
歳を重ねたからだろうと笑われている
ああ、あなたでしたかとあと百回は想い続ける

頃合いを見て引き上げてほしい
朝食のひかりのまま踊り重なる欲望されている

迸らせながら古い街の角に立つ
すべてを所有している
湖にすべてを捨ててゆく
所有するな放棄せよという声がする
山の頂の口づけのような共感に痺れていた

「欲しがりません勝つまでは」

街の速度に慣れない頃に育てたものだ
笑う
含むと、ほのかに苦くすこしずつ広がるように甘さがついてくる
喪失しているそのままもうこれでいいそのまま

曖昧に同意する
空はすでに明るい
無作為に選んだばかりに

ある時、わたしは私たちとなって呼びかけたことがあった
レディースアンドジェントルマン爆破せよ
無数のあなたが消失した

草原の遊園地のなかに
まだ青い臓器を並べている

商人か軍用ではないか
堪えられないほどのひどく甘いそれを
全身を舐めるように見られている

やがて緑が頬にあたり砕けた
薄い音のあたりを探ると
食卓に運ばれてくるのがわかった
幼少期たった一度だけ用いた椅子です

透明なガラスを食む一匹の雄々しい獣を手なずけている

ガラス、街頭、ひかり、わずかな、湾曲、死体と遺体、ボールペン、傘、野蛮な、つまびらかにされた、再開発、〜のための、非常事態、ドアを揺らすような低音のベース、わたしのために、やさしさ、肌、待つ、階段と上り坂、体毛、ごく稀に起こりうること、商店街、まだ、三等賞でいい、夢、傘、開かない、１３０円か１４０円

わたしの喪失か
あるいは

あなたたちの喪失か
窓枠を窓と定めている昨夜の
一つの結晶を問うための旅に出る

冬の陽のしたに斃れて
すでに恋愛である木馬の
かたまりですら音もなく崩れていくなら
あなたに会えたすべては
包み紙の栄誉に浴する
糸を紡いだ紐が覆うとき
かなしみのXXXがボロ雲に浮上している
摑む　そして放す
愛らしい

やがて街になる

一艘の船に乗る虚像と挑発的な使命感のある雷光との友誼の話し
つまらない話になって申し訳ないと彼は頭を下げた
大して会話を交わすことなく残滓にある残滓でないものを渡す
それは、あまりにも出来過ぎた話であるから越冬地を急ぐ
無論、ここではない場所のことを指す
蔦植物が夜明けに繁茂するという
すでに欠片となっていたものを集め仲間を呼ぶ
繁茂している
私は旧友のことを思い返していた

色彩がまだ香りであったころに知り合う
二人が三人となりやがて街になる

喩えるなら楽隊のようなものに
先導されながら街の外れまで足を弾ませて歩く
ことばは届く

発音はうまく聞き取れない
履き慣れたジーンズにアルコールあまり知らない街ではなかったはずだから
港町の生まれであるからという
紅色にせり上がってくるもの過ちのようでもあり希望でもあった
愛玩動物のように狙い定められた銃器のように恍惚としていた街に横たわる
声を出して笑うRやC、みなそれぞれに死体をまとわせていた
「どなたかいませんか?」
無表情というよりは表情を作らないようにしているのだろう

私は触れられていた
一枚、また一枚と、検めるように素肌をさらしていく
直線的な欲情に華々しい機会を与えているのは
それが未だに成し得ないことからくる
私たちは枠を設けている

ところで、
一度剝がしてみたらどうだろうという提案をする
炸裂する
炸裂する
再び言葉を発すると大部分はいなくなっている
今朝はじまり今夜に終わる何らかの取り決めのような風を信じている
浮上する羽と食卓のウスターソースにあるいはバラバラの散歩道に重なりあう
つがいの鳥、溶け出す料理、ぎこちない挨拶、私はその通り好きですと話した

ここからは展示されているものたち

氏の言う通り瓶に収められているものはすでに流れ出しているものたち
明るく華々しく人を導くような勇ましい音楽でもある
私はかつてのように敬礼をされ今見ているもののことを告げられている
それは壁と壁との隙間に展開されている即興的ななにかのようであった
愛のことのようであった

意味のないことを、何も意味しないことを、と冗長に語る
棲息しているものを閉ざすねっとりとした指の動きを地上はことのほか喜んだ

次々と届けられて祀られていくその中のたった一つを選ぶ
「見ているものを信じる？　意味のないことの方が大事だ」
乾いた唇の、あまり参考にならないような道案内の、それでも
たった一人の祖国の英雄のように私はあなたのすべてを肯定する

無音に開くそれが全てだ
私の持つ力
あなたの持つであろう力
すべてこの有様だ
残されたのは卓上のろうそく

それでも私はこの人たちの幸せを願ってやまない
この人たちの喜ぶ顔を見たい

口からこぼれた
しずかにもう一度宣言のようなものを伝える
色彩がまだ香りであったころに知り合う
二人が三人となりやがて街になる

船はしずかにさまよう
まったく何も意味しない
美しく響いていたものだから声をかけた
オレンジ色の髪飾りのようなもの
薄く青くほぼ透明な織物のようなもの
そのどれもがないものでないからこそ知り得たものだった
悔いのないことを知らせる旗、私たちは掲げない、捨て去るのみだ
それはつまりやさしさにも寂しさにも囚われない
昂ぶるなかで私は摑み、私へといざなっていた
放送を終えたテレビとしずかな苛立ちのなかに明日聞かされる反抗を知った

スペルを伝える電話口の相手
駅まで走る人の形をした人

そして、何より私は私と対面をしていた

突然の青

忘れ形見の木製のベンチに内からこぼれる陰部
想像以上にあるいはもってこいの土のなかのささやかなパーティーに
用意していた硬貨と不器用な技師のことば最後のゆるやかなカーブを
排斥もなく笑みもない魚介類が月の下を探し出すだけのビデオに
花を携えて奴等の頭蓋骨の形状を読み上げながら向かうという
突然の青
だからこそ愛したと海岸があからさまに不機嫌な理由など
どうしても伝えることにする三日目の人とビスケット
雨は降りそうかどこが憎いのですかけれど君が壊した虹のようだ
すると枯れてしまった鉄条網から糖類を呼び込む赤い服の男が
緑道を早歩きしているそして泣いているようだ
残念なことに好きになってしまったようです
一面のひかりが苦しめている兵と改札口を

見送って裏切ることにする清々しいほどの飼い犬を
記憶を叫び出すロックバンドと気狂いの家具を
温かく迎え入れる長い髪の女ばかりの初夏の朝に
二度ほど融解したままの金属から垂れ流される感情を映画館であるいは路上で
君が間違いなく壊したものですかと訊かれているその通りのわずかな甘みのある都市を消してし
まった
一夜限りの吐瀉物を切れ端を見えてしまったものを勾配を日の出の時刻を調べてみたんだ
突然の青
弱拍のジャズマンが頼りにしている消しゴム不揃いの誕生日
からかわれて際立つそのなかにいつの間にか消えてしまった一人を
たった今迎え入れる閣下と休火山に
冗談にしては触れると消えてしまうような吐き気や銃弾
腐敗した南国の観葉植物が踏みにじられてかがやくバーだというもので
次第に苛立ち踊りだす凡なる人たちの群れから
一度だけ赦されたということばを告げに来る青い服の人
土産物の無花果を腐敗させたことをふざけて詰るような
いつ知ったのか全滅した日のことを
突然振り返りながら言うでもなく今すぐに去れ

わたくし宣言

旗を掲げることを使命としそのまま潰えることを望んでいた
王としてあるいは土壌に臭う花の種の欠片として
君の思うままの流出した都市の名を告げて犯すことにしている
鉄骨が粒度と添い寝をする朝に何も口にしていない番いの鳥を愛したことを
語らずとも通じ合えるような幻想に舌を絡めて尚も求めている時に火を放つ街に火を放つ
街路樹から滴り落ちる血液は子供達へのバースデープレゼントだとしたところで
さよならの後に虹彩は放たれてどぶの悪臭を放つ人の群れ　好きか?
君に逢うためそれは君と離れるためと同義の死者への即興曲
反権威は権威とさほど変わらない冬に施政者の喉の美しさ
決心すら左右され俺は住宅街で脱ぎ捨てられシャワーを浴びる野生の花を観る
子音や男性名詞や侮蔑すらお前にとっては褒美と変わらないここにいてはならないのだから
我々と言う必要はない、ましてや僕らなどという呼びかけは不要だ

再度、ここに宣言をする
自らの頭蓋を破ることを愛という他者としてわたくしに会う
触れていたものはすべて幻想、だが例外なく言葉そのもの
愛であるか愛でないかそのときの俺は電車を二本見送り濁る川を視ている
変わらないけど、赤い気がする。すこし肌寒くて、私、丸いの好きだから。
それは僅かなごく僅かな差異に過ぎない
肥大化し抑制の効かない「あなた」あるいは「わたくし」
俺はそのとき船乗りに憧れていただろう夜に香気を放つ人を抱きかかえて
あるいは、大通りから路地を入ったところにある酒場、夥しい死者の上にお前の姿を認めていた
寂しくはないか明日の朝から楽しみにしてたものが観たいよ謝ってもう一度慰めるふりをして

ここで切る
すべて破壊されたあとに都合よく咲く野草を摘む吐瀉物の匂いそして調律は僅かに狂っている
整列し行進したあとにあてがわれる行為その通りに讃えられる指の美しさや観葉植物
直ちに、否定すべきでストロベリーが辞書と接吻をしているそして下品なほどの高揚
俺は大通りを、路地裏を、トナカイの胃袋を、鉄球を、酒の滓を、恋人を、共同体を、選ばれたものと選ばれなかった市場を、花屋を、迂回する必要のある駅舎を、彼にとってのガラクタを、割引

を、悩みあるいは喜びを、権力と金物店の後継を、一品つけるサービスを、殺し屋の休日を、川を、
川は近づいてはならない川を、気分と音楽と美容師見習いを、ありったけの嬉しさを、途中からノ
イズの入る運動会を、道に迷うことを、ペットボトル取ってを、先輩と呼んでいいですかを、死ぬ
まで生きる死ぬを、私のぬいぐるみの名前を
ここに切って捨てる

未来

触れるといずれも瞬間になり破裂する
私が時代を殴打する
違いなく快感であり治癒でもあった
うわ言のように繰り返される都市に
ひどく甘いものを垂れ流していた
たとえば
広がる音域に美しいものを並べたとしよう
そして「我々のコレクションだ。」と
明るいままの部屋に

冗長な春の渡し舟に向かい
決められた通り抹殺して帰る

たちどころに広がっている
「君が裏返したんじゃないか」
紳士淑女のみなさま
それは薄汚い爆薬になる予定の朝

私は抱かれている
私は抱いているのだが
私は抱かれている
あくまでもギャンブルではない

まずは放棄だ
そこから始まる
あなたが愛と言うのなら
まずは放棄から始まる

在りし日のこと

暴力的な窓の連なりのひとつに
おそらく人は住んでいて
私たちはそれを好意と呼んでいた
集い交わり愉しみながら歪みを増してきていた
とりとめもなく天気のことを話すような
何かを失くしたことを気付かずに去ってしまう
すべて溶けるまではまだ時間のかかるだろう
ひかりを食む日々のことを君に伝えた日に

絵ではなく言葉ではなく音でなく感覚でも感情でもない意味を持たない祈りを
抱きかかえ去ることを宿命として受け入れながらたった一つのあるはずもない真実を
ただ信じるふりをして花が咲き枯れるまでを慈しむ私たちをひかりの残滓にかえて

人を乗せ人を降ろして見えなくなったころ
際限のない言葉を届かせていた
私は君の記憶から溶けて
やがて軒下の一瞬のひかりとなる、と

在りし日のことを伝えられずにいた
私たちは大きな箱を取り出して
緩やかな坂道を登り始めていた
君の来るまで待つことをせずにいたのは
私たちはどこにも留まることは出来ないと決めていたから
薄くわずかな甘みを従えて舌の上にある、都市と雪

弱まりながら両腕に抱かれている
私たちはただそれを眺めている
励ますことを抗うことも拒絶すらなく眺めている
やがて一筋のひかりが君に射すときにありったけの祝意を伝えたい
君が殺めて君が愛おしむすべては先ほど花に近い液体となり流れていったことを

心から君に敬意を表したい君の欺瞞や退屈や憤りこそが頬に生気を湛えていた
聞こえない　はずはなかった言葉で殺めているのを見たのだから
私たちはひかりが君の側頭部を直撃して照らされた君の無防備な言葉を知ってしまった
これを愛とほざくなら破り捨てていただろう
あやなすすべての抽象的なそれらが
開かれた一枚の絵となるまで内包し再びひとつになるまでの
残虐な気まぐれな遊戯として確かめるようにして歩いているだろう
だからこそ私たちは過ちすら喜劇的なものに過ぎないのだ
手にしたものは確かなひかりの粒子
君も私たちもここには既にいない
在りし日のこと

半透明な死体を引きずりながら未だかつてないほどの言葉を纏って君は向かうだろう
その先にあるものは完全な死つまり響き合う花に似た路地から都市へと
ひとつまたひとつと消し飛ぶなかで君の手にしたものを見せて欲しい
破れ目の中から蘇り這い上がる朝に
君は口笛を吹いて向かうころだろう

全てを浸しているオブジェ

直情的なものの全てを浸しているオブジェに
ひときわ明度の高い植物を配した
ただ気になることの一つはすでに告げたように無意味であること
そして何よりも無意味であることの悦びを分かち合っていた
錯綜している情報のなかビートを刻んでいるのだが
すでに私はなく私が呼んでいる声も遠ざかっている
これを機会と捉え抗っていることに失われつつある正気の断片のようなもの
例えるなら光であるとか連れ添って歩くであろう道のようなものを
柔らかい人工物に包まれてやさしく迎えられている
力であることを受け入れたあとに全ては響きあうのだからと
決してまじないにはならない粒子のようなものを
鳴らしているのを見守っている

棚の上の魚群に目を奪われていて過ぎ去ってゆく時間は
争いのあとの芳香に近い
例えば完全に名を失い忘れ去られることを望むような不完全な武器である
それにしても蒸し暑く気怠い日々を抜けたあとの晴れ晴れしい後ろ姿を見ただろうか
一人は電飾のなかに一年に一度の祭りを心待ちにして
一人は欠けているものを埋め合わせ取り戻すように獣をむき出しにしていた
上質な落ち着いたリズム隊が知らない都市の名前を教えてくれている
だからなのだろうかさっきから私たちは久しぶりにざわめいている
不穏なともすれば官能的な響きである言伝にも似ている
隠された日々を荒らす驢馬に犯されているのは国境に過ぎないのだがあまりにも美しい
ないものはなく既にあるものはないこの心地よさに吹く風を嫐ってやってほしかった
挑発のあと凭れかかっていたものを取り外す膨れ上がっている私たちのことを

私たちが光そのものであることを饒舌に冗談めかして語ることは
土の匂いを直に嗅ぐ未確認の動物のそれである
知りすぎている私たちは一つのオブジェを汚している
だがそれも不思議と今は平然を装っている
ことのすべてを受け止めながら

あなたと一緒になにかしたい

あなたへ
あなたと会えたらなにをしよう
朝が来るまで夜の街を歩くのも良い
くだらない話の数々を交わすのも良い
僕はまだ会えたことのない
あなたと会える日はきっと来て
都市の朝のひかりはまだ花を包み
拒まないことを信じている
いま僕はあなたと

映画を撮りたい
中身のない青春映画を撮りたい

演劇をしたい
喜劇が良い笑えなくても良い
何もかも赦してしまうような喜劇が良い
音楽をしよう
ロックバンドも良い
世界は小さな音で良い
楽器はなくても良い
あなたと一緒に何かしたい
あなたと一緒に何か壊したい
もしもあなたに会えたら
さっき壊してしまったことを
あなたと笑いとばしたい

そして小さく爆ぜて

明るく透明な樹脂を携えて
街から街へ移りゆく人に出会った
傷をもち、わずかながら猫背であったが
温厚で誠実な人柄の
Kは皆に慕われていた

日の沈むあとに人の現れる街
思い思いに酔い、微笑んではいたが
微細な傷を酒で浸して
痛みを手放さないことで
街に立つことができた

つまり何もない街で
僕はただひたすらに感謝をしていた
嬉しい、ありがとう、楽しい、幸せ、と
ぽろっと角が取れてしまった積み木のように
飾らずに

白桃のしずかな佇まいが近未来を照らす
２０２０年
大切にしていたものが吹き飛んでも
記憶があなたをはっきりと人間にさせた

いなくなったあとに嘆く悼む
降り注ぐすべての流星に不器用な中華飯店の店主の
新聞紙をまとめている指先が見える

いっそでたらめで構わない
明け方に遠くまで行こう

制御しないでくれ止めないでくれ笑ってほしい笑われてもいい

冷やされた欲望が慰撫するでなく誠実な問いかけをする

懐かしのアイススケートリンク
乗り遅れたあとの電車で会えた偶然
閉まらない傘というオブジェ
アコーディオンが上手いということは知らなかった
そして微笑む
狭い道、曲がる道、の先にビルの解体工事の先に、新しいビル
口笛でごまかすな
煌びやかな街の煌びやかでないところに
正常でも異常でもない裸の人のような何かが
今を更新し続けている
照準はここだ

そして小さく爆ぜて音になる

朝餉に手を合わせて
しきりに気にするカーブミラー
蹴り飛ばす唐突にそしてそれは大胆な合図へ
吐瀉する、苛立つ、
星の名前を覚える
冬のひかり
適当にオリオン座じゃないかと言う
すべてそんな調子で
プラネタリウム、またこんな調子で生きていいのだ
笑ってひっくり返す
冬のひかり
泣いて喚いてももう戻らない死者に花を手向ける
花でなくても良かった
ボタンひとつで数万人はいくだろう
ボタンひとつで記憶とおさらばするのだろう
でも、お前を憎みお前の息をしているこの街が好きだ

百貨店の前、ひかりが、今は午前1時

でも美しい、あなたが素敵だ、それで何もいらない
やさしかった何度かの思い出と
スープの冷める距離や時間を思う
違う、そうではない、何もわかっていないまま
不全のまま未完成のまま声に出す
叫ぶ
叫んで疲れてバイバイだ
冬のひかり
これを選んだのではない、これしか無かったのだ
そして美しいという意味をぐちゃぐちゃな悲鳴の先に見た
年齢は記号
だったらお前の見ている惨状をわかったような顔はできない

朝焼けのテーブルには小さな殺意が似合う
実行はしない
望んではいた
朝焼けのテーブルはこれからも美しい

銀色の記号が子供達を呼び寄せて
肉体の隅々に刻印をした
その一つ、無実ゆえに罪深く
であるから言葉に託したかった
深く、遠く、広く、これからも走れるか

もっと速いビートを
追いつけないようなビートを
転がして打ち付けるようなビートを

花はやさしく人を愛でているあいだ
欲望を垂れ流している醜悪なすべてが
僕の肩を抱き寄せて
俺は俺の物語として回収されない
それなら、素直に花火師にでもなりなさい
長い修行の末に

果実の瞬間

百の花の挫折さえ許される瞬間に僕は触れる
愉しさに頬を膨らませて
明け方の空に垂れ流したまま
出会うそのときのグレーの空
触れられない触れている
襟元からこぼれ流される抵抗を直視している
比喩の柔らかさが君に触れて離せない
私、いま、照準を定めて弾き飛ばすすべて

僕がミクロネシアの果実を思うとき
確かに街は赤いひかりに包まれていた
音像の豊かささえ昨夜の彼女たちにはノイズだから

C、そしてR、それぞれに生き場所を求めていた

海へ行ったろういつかたくさんでそのときの帰りに
路面電車が不思議なところで停まったね
あのとき、確かに生きていたように君は窓の虫を逃した

思い出の屋根がナイフとなって君を苦しめる2000年代の終わりにしずかな木漏れ日を待って
ばらばらに集合をしても一つのところを目指したいつか会うためではなく離れる街のために
素晴らしい酸味の柑橘類と寝そべっている白熊のことを僕らは歓喜と怠惰のカードを取り交わす
喪われた地名のことの話をしているときに喪われた土地のことを話してはならない
完成しないパズル、その通りならべると美しい隊列、朝の挨拶、不浄なまでの呼気でさえも
卓上のろうそくと昭和後期の水槽は愛していた
お前の夕景へのノスタルジーは鮮やかに交差点をカーブする昨夜の俺たちの寂しさ
難解で複雑な路地に入り込んで恍惚としているお前たちのことを軽蔑しながら愛している
愛している

スープが冷める前に手を合わして亡き人を思いなさい

そう未亡人は私の顔を見たのです
私は彼女の悲しむ顔を見るのは恐ろしくそしてそれは彼女のためではなく私のためでした

水切りをして対岸まで届く

青く混沌としたままそれを美しいと感じて走る

ありふれたこと

でも奇蹟でもない海風

口約束だけの待ち合わせのあとにとっておきのプレゼント

涼やかな流れに身を任せて
歯で開けるコーラの瓶
オレたちになる瞬間に
誰かの置き忘れたカーディガン
「もし」とか「いつか」が呼吸をしていた急行の通過を待っているホーム

すべてでしたと簡単に伝える

本当に悲しいのかという話をしていて好意を伝えると
愛が七曲りして爆笑をする
次第に溶けていく俺たちは自分の姿も自分の悲しさも舌に触れられない
そのとき、奴が俺たちを叩き起こして
最高と

この樹はあなたのために植えたものです
名前も覚えていておそらく近くにいて二度と会うことはないだろう人
するすると言葉は君の前に降りてきて
ルール違反だからぶっ壊そうぜ一緒にと笑う

そのときだ
確かに約束した通り情けないほどのひかりの束の先に
正面から少しずれて立っている人がけったいな音を鳴らしながら
奴を支えているのを見た
もう、それだけで良いのだしそれで何が許されるというのだろう

おめでとう
俺たちはおそらく最低なまま昼下がりにはちゃんと帰る

山﨑修平（やまざき・しゅうへい）
一九八四年　東京都生まれ

ダンスする食《く》う寝《ね》る

著者　山崎《やまざき》修平《しゅうへい》

発行者　小田啓之

発行所　株式会社思潮社

〒一六二‐〇八四二　東京都新宿区市谷砂土原町三‐十五

電話〇三（三二六七）八一五三（営業）・八一四一（編集）

FAX〇三（三二六七）八一四二

印刷・製本所　創栄図書印刷株式会社

発行日　二〇二〇年五月十日　初版第一刷

二〇二三年六月三十日　第二刷